Para quienes aún se nos hace difícil llorar. —GV

Prohibido Llorar

© Texto: Gama Valle Rosa, 2024
© Ilustraciones: Lorenzo Sangió, 2024
© De esta edición: Editorial Destellos, LLC, 2024

Asesoría editorial: Enery López Navarrete y Laura Rexach Olivencia

Corrección de textos: Sylvia Figueroa

Diseño y diagramación: Natalia Marie Camacho-Monserrate

Para información escribir a:
Editorial Destellos LLC
1353 Ave. Luis Vigoreaux, PMB 768, Guaynabo, PR 00966
info@editorialdestellos.com

Ninguna parte de este libro puede ser reproducida por ningún medio sin autorización previa por escrito de los editores.

ISBN: 978-1-958479-19-3

Impreso en China.

www.editorialdestellos.com

Prohibido Llorar

Gama Valle Lorenzo Sangiò

Llegó el día que Quiquito tanto había querido evitar.

A pesar de sus esfuerzos, siente un nudo en la garganta.

Eso no le gusta.

Hace mucho tiempo, Quiquito se prometió más nunca volver a llorar...

pero hoy se le hace difícil controlar sus emociones.

Su papá se muda a otro país.

No hay nada que Quiquito pueda hacer para cambiarlo.
—Démosle unos minutos más —escucha decir a su papá—,
aún tenemos tiempo para llegar al aeropuerto.

¿Qué tú crees, diario, me hago el enfermo para no tener que ir al aeropuerto?

Camino al aeropuerto Quiquito controla sus lágrimas, pero la voz de su papá interrumpe su concentración.

Contar palmeras lo distrae
y le ayuda a recuperarse.

Quiquito está sumergido en el bullicio del aeropuerto hasta que...

—Para ti, Quiquito. Te voy a llamar todos los días.
Sabes que mamá y tú son lo más importante para mí.

Quiquito no quiere despedirse de su papá.
Ni hoy ni nunca.

El horario de los aviones no se detiene.
Su papá tiene que irse.

De regreso a la casa,
cada segundo que pasa
se le hace más difícil a Quiquito
mantener su semblante de calma.

Saca el regalo de su papá de la envoltura
y descubre un hermoso reloj holograma.

Siente un apretón en el pecho.

—¿Estás bien, Quiquito? —pregunta su mamá.

—Sí —contesta Quiquito con la cara ya hecha una mueca.

—¿Estás seguro?

—Sí—

Al llegar a la casa, Quiquito corre a la habitación.

No voy a llorar. Soy más fuerte que esto.

No. Voy. A. Llorar.

Pero su cuerpo lo traiciona. La visión se le nubla.
Su pecho se infla y se desinfla sin parar.

Ya no puede aguantarse más,
pero no quiere que su mamá le escuche llorar.

Construye un fortín y dentro de él
llora hasta quedarse dormido.

—Quiquito, ¡Quiquito! —le llama su mamá.
—Papá quiere hablar contigo. ¿Puedo entrar?

Quiquito se despierta alarmado y corre al espejo. ¡Horror!

—¡Un momento!

—Quiquito, ¿por qué le pusiste seguro a la puerta?

Quiquito está a punto de un ataque de nervios,
no quiere que su mamá lo vea así.

—¿Me vas a dejar pasar? —pregunta su mamá.
—Ahora no.

Quiquito y su papá se miran en silencio.

Así pasan unos segundos hasta que su papá desactiva el filtro de su pantalla.

Quiquito ve que los ojos de su papá están hinchados, rojos y brillosos.
—¿Papá, tú estabas llorando?
—Sí.